静默

LES MOTS QU'ON NE ME DIT PAS

Véronique Poulain

〔法〕维罗妮克·普兰 著

袁筱一 译

新星出版社 NEW STAR PRESS

新经典文化股份有限公司
www.readinglife.com
出　品

谨以此书献给

我的父母

我的家庭

我的孩子，以及

尼古拉，孩子的父亲

甘斯布：我说："我爱你，我也不。"那是因为，出于害羞，我假装不相信。

记者：可是"我爱你"这样的话，您能说出口吗？

甘斯布：不能。

记者：这算是一种情结吧？

甘斯布：也许是的。

记者：对您来说，"我爱你"是很难说出口的……

甘斯布：所有人都说这个，我想说点别的。

——塞尔日·甘斯布《思想，挑衅及别的漩涡》

我父母都是聋子。

聋哑人。

我不是。

我是双语者。两种文化栖居于我的身体中。

白天：词，话语，音乐。声音。

晚上：符号，非语言交流，身体的表达，目光。某种静默。

沿着两个世界的边际，于其中穿行。

词语。

手势。

两种语言。

两种文化。

两个“国度”。

我拉了拉她的裙角，让她注意到我。

她转过身，冲我微笑，微微点头，意思是:“怎么啦？”

我抬起头，右手捶胸:“我。”我将手指放入嘴中，然后拿出来，再放进去:“吃饭。”

我的手势有些笨拙。她笑了。

她将她的手在胸部自上而下地划过，就好像是将心脏拿出来放在腹部:“饿。”在聋哑人的国度,我们是这么说的。

是的，妈妈。我饿。

我也渴。我在找我的妈妈。这是我姗姗学步的时候。我摇摇晃晃走向厨房，我失去了平衡。妈妈立刻转过身来，一把抓住我。

然而她什么也没有听见。

每每我有点什么，她总能感觉到。

他们听不见，然而，他们多么关注我！我不可能发生任何事情。在我身上，我的父母永远都放着一只眼睛。

不仅仅是眼睛。他们经常抚摸我。目光和手势代替了词语。微笑。脸颊上的轻蹭。不高兴的时候皱皱眉头。吻，爱抚，都是为了说：“我爱你。”

不算很糟糕。但是我还希求他们更多的吻和拥抱。尤其是我父亲。

我们的公寓很小。

我和父母睡在同一间房里。

晚上，我从来不哭。哭也没用。反正他们听不见。

妈妈每天夜里都会起来两三次，看看我是不是在安睡，或许，是为了确认我并没有在睡梦中死去。

大一点，我学会走路以后，如果我需要什么东西，或者在做了噩梦之后需要安慰，我会自己起身，弄醒他们。

但是这样的次数不是很多。我是一个睡觉很好的孩子。所有声音都入不了耳。我的睡眠总是如此安宁。

妈妈在做缝纫。

我坐在她身边，看着她。静静的。她时不时地看我一眼，冲我微笑。

缝纫的时候，她的嘴里含着别针，等她不再需要那些别针，她会把别针插在一个红色的缎质小球上，小球上环绕着五颜六色的中国小人，也是缎质的。我喜欢玩小球。柔和，漂亮。

妈妈放下手中的活，从我手中拿过小球，用手指指着一个小人，先是用嘴说“橘色”，然后辅之以手势。我跟着她后面重复。模仿她的动作。

然后是“蓝色”，“红色”，“黄色”……

有时，我的手势做反了，这个手势就失去了意义。

这时她会纠正我。

我才和她学会各种颜色的表达。

用两种语言。

她有一种很怪的嗓音，我的妈妈。她和街头那些人说话的方式不太一样。但是她是我的妈妈，我听得懂她说的是什么。

白天，奶奶照顾我。

晚上六点半。我父母下班回来，就是我和他们在一起的时刻。我小心翼翼地下楼梯，一级，再一级。我们住在楼下那层。

父亲打开门。张开手掌，触上我的嘴唇，我会吻一下他的手掌。这是在说："你好。"接着我投入他的怀抱，亲吻他。

就这样，从一层到另一层，从一种状态到另一种状态，就只在弹指一瞬间。

在四楼，和外公外婆在一起，我听，我说。话很多。

说得很好。

到了三楼，和父母在一起，我就变成了聋子。我用手表达。

洛林省，一九三五年。苏珊嫁与皮埃尔为妻。他们生了两个儿子。长子亨利日后成为斯特拉斯堡大学的法律教授。大儿子出生后不久，一九三九年，小儿子让－克洛德出生。

让－克洛德九个月了。他似乎哭得有些过于频繁。也许是因为牙齿。长到这个时候很有可能。可不太对劲儿，他抽搐，翻白眼。紧急送医。被诊断为脑炎。结果自此后他再也听不见了。让－克洛德的生活彻底被颠覆。就在一口气的工夫，他从声音的世界到了静默的世界。

六岁。让－克洛德进了寄宿学校。他被交给麦茨国立聋哑人学校。青少年时期，他选择了修鞋行业的职业考试。

麦茨的学校只有两个方向，另一个是木工。他的好朋友阿斯拉，一个在洛林省与家人失散的埃塞俄比亚人选择去巴黎，在圣雅克大道上的国立聋哑人学校学习。对于聋哑人来说，巴黎是想象中的乐土。首都机会多多，而且对聋哑人很友好，有聋哑人的足球俱乐部，聋哑人之家……让－克洛德必须去找好朋友。好朋友还准备为他介绍一个女伴。

的确，甘贝塔有一个聋哑人的盛大舞会。让－克洛德上了火车。

阿里埃，一九三七年。罗伯特颇受当地女性的追捧。平日，他刷油漆，搞室内装修，周末他是手风琴演奏家，音乐家总是让邻村的姑娘想入非非。他带着他的手风琴走遍了整个地区。生活甜美而快乐。这天晚上，他来到圣普利耶斯特的一个婚礼上演奏。姑娘们蜂拥而至，就是为了一睹他的风采。其中的一个看上去美极了，绿色的大眼睛，穿着碎花的裙子，面带羞色。他开始弹奏一支爪哇舞曲。他坚信自己看到了一点什么。某个角落里一个安静的微笑。她叫阿丽丝，是临近农庄租种户的女儿。

婚礼。一个星期后，阿丽丝怀孕了。

小夫妻住在罗伯特父母家。阿丽丝不工作，她想做个家庭主妇。他继续搞他的装修，舞会去得倒是少了。战争无休无止。男人们在相互屠杀，女人也没了跳舞的心。

一九四二年十月。阿丽丝生了个女儿，若赛特。

孩子很喜欢笑，总是醒，有时似乎有些心不在焉。太心不在焉了。小姑娘对声音一直没有反应。她沉浸在自己的世界里。渐渐的，阿丽丝心头感到了恐惧。有什么东西不太对劲。阿丽丝拍手，敲击家具。一天二十次。只有一半的机会，若赛特会跳起来。

门吱嘎一声。若赛特惊跳了一下。还好！一切都会好的……

有一天，若赛特拿了根棍子，敲击放在架子上的釉罐。可怕的噪音。阿丽丝冲了过来。可若赛特一点反应也没有。她根本没有意识到发生的事情。

十个月。十个月足以令人承认事实。只有当声音伴随着可见的动作，或者有所颤动的时候，小姑娘才会有反应。必须要感觉到有阴影，或是空气的流动，她才会转过身来，活泼得如同一道闪电。美丽的幻灭。

若赛特听不见。

又聋又哑。

百分之百。

一九四四年六月。第二个孩子出生了：吉。

同样的经历，这一次，几个星期之后，裁决就已经有了。没有任何余地。

他也听不见。聋得厉害。

罗伯特和阿丽丝崩溃了。

为什么不幸会降落在他们俩身上？为什么是他们？

两个残疾人。他们的两个孩子都是残疾人。然而并没有家庭遗传。他们究竟对造物主做了什么，落得这样的命运？

然而，吉和他姐姐不一样，他从来不想要说话，不想要交流。他看，他观察。他画。笔成了他手的延伸。不需要词语，文字作为中介。他的脑袋，他的手，他的笔，他的画。画。

而他的画和这个年龄孩子的画有很大差别。没有任何点缀。线条准确，简洁。当然有点拙稚，吉还只有三岁，但是他能够准确地表达自己想表达的。

小男孩可以花上整整几个小时的时间观察龙头的水滴，看水滴慢慢形成，逐渐变大，再落下。

姐姐和他是两个令人愉悦的孩子，只是和父母之间，他们的交流变得很困难。必须面对着他们，才能和他们说些什么。如果孩子们背对着，或者在隔壁的房间，那就必须走过去。必须找到让他们明白的方式。比划（如果可能）再加上词语。最简单的，夸张地发音。

罗伯特崩溃了。他结婚，原本想要好几个孩子。他希望孩子们都能受到高等教育。他自己只有一些证书。

他希望他们成为音乐家。和他一样。

命运的讽刺。

•

若赛特六岁了。夫妻俩把她送进了一家寄宿学校。是他们动身去巴黎的时刻了。

上帝啊，寄宿学校！

一群失聪的孩子发出动物般的叫声。

仿佛先天型痴呆患儿。

精神上的残疾。

还有一群品质恶劣的嬷嬷，为了一点点小事就把他们关在壁橱里。

人间炼狱！

若赛特没有在那里待上太长的时间。最多几个星期。罗伯特和阿丽丝找到了一间公寓，在巴黎安顿下来，他们把两个孩子都送进了国立聋哑人学校。新生活开始。在巴黎，人们的目光没有那么残忍。阿丽丝和罗伯特终于可以不再引起别人的特别注意，或许，他们能够给孩子们一个更好的未来。人们应该不再把孩子们当成智力发育迟缓的人来对待。

罗伯特找到了一份石膏工的工作。他把手风琴带到了巴黎，但是音乐和荣光已经是翻过去的一页。他很清楚。他似乎为音乐而生，有一双堪称一绝的耳朵，却还有一双失聪的儿女。真是滑稽到了极点。生活是一个肮脏的玩笑。只要一点点，已经足够令他发笑了。

阿丽丝却有一种牺牲的意识。这一点救了她。她带着她的十字架穿过巴黎街头，每天早晨，每个夜晚。或者步行，或者乘公交车，把两个孩子送去上学，唯一的一所特殊学校，位于圣雅克街。尽管她承受了这一切，她依然微笑面对。

若赛特长大了。她长成一株美丽的植物。绽放着，被上学时结识的朋友——全都是失聪的——包围着。父亲对她有点过度保护。她是时候该找个未婚夫了。

很巧，甘贝塔有一个盛大的舞会。她和小伙伴阿斯拉一起去的。阿斯拉要介绍一个朋友给她。

聋子和聋子结婚。

聋子处在同样的交流、理解和认知层面上，这一点让人安心。大家是同一个世界的人。

因此我的母亲嫁给了一个聋子，我的父亲。

我的舅舅也娶了一个聋子。

我的表姐夏娃出生了。接着她有了个妹妹，瓦莱丽。再接下来又有了个弟弟，阿莱克斯。

全都听得见。

和我一样。

在我生命的前六个月，我被交给奶妈看管。

这是奶奶的决定，她认为这样做更加理性。有时候失聪的父母不知道怎么照顾一个婴儿……

她在郊区找到了奶妈。由于奶妈住得离我们有点远，我一个星期都待在奶妈家，寄宿。我很安静。因为被喂了安眠药。周末，回到父母家，我便异常兴奋。因为没有安眠药。

直到有一天，外公发声了。他不希望再由外人照顾我。某个星期五的晚上，他去把我领回家，从此我再也没有回到过奶妈那里。

在饭店里，和所有年龄小的孩子一样，我总是坐不住。我喜欢站起身来，围着一张张桌子转。和别人交谈。我停不下来。

“你吃的是什么？好吃吗？我是和爸爸妈妈一起来的，在那张桌子。他们是聋哑人。”

我感到如此骄傲。我把这件事告诉所有人。

我妈妈又一次找到我。她用怪异的语调说了个“对不起”。我立刻打断她，和她打着手势，就是为了告诉别人，我会两种语言。我不太喜欢她模仿我们说话。

我胆子很大。我是个调皮鬼。我情不自禁。

我做了决定，我的与众不同之处就是我的王牌。

然而，这份与众不同还是会让我感到尴尬。在公共汽车上，有时，妈妈会放屁。那声音真的很响，可是她自己意识不到。而我听得见。别人也听得见。

在大街上，真是让人难以忍受。

别人关注的目光让我尴尬。

我的母亲明白这一点。她尽可能表现得很有分寸。尽量避免和我说话。

在面包店，她要一个长棍。

“我不明白。您要什么，夫人。”

“长昆面包，一个。”

女店员惊恐地望着她。

“请拿一个长棍。”

“啊！好，对不起。”

走出面包店的时候，我向那个愚蠢的女店员投去愤恨的一瞥。

妈妈却习惯了，始终保持着微笑。

然而有些时候，看到人们总是要求我翻译她的话，她也觉得不好受。她会发火：

“别再问我女儿了。面包。我要面包。又没什么复杂的！”

我有点不好意思，可妈妈是对的。这些人实在太蠢了，而且他们看我父母的目光令我很是恼火。

这些都是别人的看法，他们以为我的父母有些智力低下。

是别人认为，有聋哑人的父母是个悲剧。

我不这样想。

对于我来说，这没什么了不起，很正常，这就是我的生活。

在地铁里也非常可怕。

爸爸妈妈带我去万桑动物园。他们俩在说话。所有人都看着他们。门关上后，人们还会在站台上转过身来，看着他们。另一些人捂着嘴偷偷发笑。还有些人则假装什么都没有看到。我真是尴尬极了，而且，我无法忍受别人就像看珍稀动物那样盯着他们看。我承担起了责任。我非常淡定。勇敢地握住父亲的手，装作什么也没有看到。

这样过了几站，我心头的怒火越烧越旺，终于爆发了：

"怎么？你们看什么看？他们是聋哑人，碍着你们什么了？"

一片死寂。车厢里所有人都看着自己的脚。爸爸妈妈知道发生了什么。他们示意我安静下来，告诉我，"一直都是这样"，没有什么。

我能够回忆起我的悲伤。

回忆起我的愤怒。

回忆起我的狂暴。

我想要杀人。

我是那么想要保护他们。

我在骄傲、羞愧和愤怒之间摇摆。

很长时间都是如此。

“爸爸，我们今天干什么？”

“我不知道。去问妈妈。”

“妈妈，我们今天干什么？”

“你想干什么？”

“不知道。游泳？”

“不，游泳不行。你想散步吗？”

“噗。”

“妈妈，我们吃什么？”

“肉和土豆。”

“什么时候？”

"十分钟后。"

在三楼，这是周末我和父母间不多的交流。聋哑人之间的对话。一点意思也没有。

我很喜欢说话。惊人的饶舌。

我总是和人聊天。每时每刻。高声的。和镜子、玩具娃娃，和自己聊。

却不和父母多说什么。

在家里，平淡的寂静。

我无聊。那么无聊。

我就在那里，竖在床上。

独自一人。

微微有点自闭。

我望着窗外，等待着，最好发生点什么事情。时间如是流淌。日子如此漫长。

目光虚空，我沉溺在想象中……

我想象着一种别样的生活。我不再萎靡不振。而是快活地笑着。

梦占据了一切，而现实却令我厌烦。

在父母家里，连电影都是默片。没有作为背景噪音的对话，没有清脆的声音，没有喷射出来的粗话，没有笑声，也没有争吵。

而我，我需要听见大人们吵架。

但是他们什么也不说，我的父母。

有时，我要求母亲打开电视。

不是要看什么，就是为了听到电视发出的声音。

也许可以称作静默的泡泡，多亏还有嘴唇间发出的细碎的声音，呼吸，平底锅在橱子里移来移去发出的声音，还有楼下汽车的声音。

令人不悦，充满了敌意的声音。我不喜欢。

我想要说话。抑或死去。得看日子。

实在忍受不了，我就逃。

不是很远。四楼而已。

到外公外婆那里。

我有所补偿。我用话语灌醉他们。他们兴高采烈地沉醉其中，有一个“正常”的外孙女，他们感到无比幸福。和我在一起，他们的感受与自己的两个孩子完全不同。有时，我其实没什么好说的，就是为了让他们高兴，即便我没什么好说的，我也要说。

我的外公宣布说我会是个音乐家。他教我视唱练习。

我的外婆也赞同。

“很不错，音乐家，作曲的时候就可以沉浸在自己的世界里。做一个音乐家很幸福。”

可我想做个医生。能够救助病人。

我的外公外婆是我的偶像。

尤其是外公。我对他怀有无尽的欣赏，无条件的爱。反过来也一样。

我希望能够达到他对我的期待。

我希望他能够以我为骄傲。

是他把我从那个奶妈家接了回去。

他是我的英雄。永远都是。

自我出生，一直到他二〇〇七年离世，他始终支持着我，推动我往前，无保留地相信我，无论在任何情况下。

而我每当面临小小的窘境，也总是会向他倾诉。大一些的时候，有了情感或事业上的不如意，我也会告诉他。

他就总是安慰我："我一点也不担心你。你什么都能完成。你会解决的。一定能。"

而我也相信他。

但是，也正是我的外公外婆，自我最初的感情经历以来，就一直不断重复，告诫我要当心，他们说，我有残疾的父母，谁会愿意和我生个孩子呢？谁会和我认真地长期维持一段关系呢？

他们的唠叨令我厌烦。不管怎么说，我不想要孩子。

这天晚上，我去了舞场。

聋哑人之家被暂时改造成了舞场。舞池后面，雇来的乐队和乐手在一群甚至听不见的人前演奏。

然而，他们却微笑着，连续演奏了莎莎舞曲，摇滚，爪哇舞曲。带有那么大的热情！同情！还有善心！

乐队脚下，有一块小小的纸板上写着演奏的舞曲。现在是“探戈”。妈妈紧紧抓住了爸爸，彼此对峙的身体充满了狂热的张力。

接着情侣们抱在了一起。正常的节奏，小纸板上有所指示：“慢舞”。

如果我掀翻纸板，那又将如何？

我真是厌烦透了，和这些聋哑人共同度过的晚会。每个周末都是如此。爸爸妈妈走到哪里都带着我。星期六晚上是聋哑人之家，见见面，聊聊天，一起喝一杯。总之，共度一个美好夜晚。对他们而言或许是吧。可我觉得难过极了。到处都是腿，我几乎很难插进去。不过，我总是仰面朝天，看他们说话。他们所说的我大约有一半不懂。意义到处都在，手在挥舞，胳膊四面八方比划着。不过这一切都很美。很奇怪的笑声。拟声词。呼呼的声音。嘶哑的叫声。有时也会迸出一个词。难以理解。

我在想，我究竟在这里做什么。

有时父亲会把我抱在手上。人们会亲吻我，抚摸我的头发,捏捏我的脸颊。我不喜欢。他们表达的方式非常奇怪。这个我已经习惯了。那些不认识我的人总是问父亲，问我是不是也听不见。

不，我不是聋哑人。我听得见，我会说话，我想回家。

我喜欢和爸爸妈妈一起度假。我们总是会去海边。他们让我在一边玩，只是眼角稍稍扫顾到我。现在我已经大了，三岁。我利用这个机会寻找奇遇，能够碰到陌生人，和他们说话。

我走得太远，沉浸在自己的梦中，已经看不到爸爸妈妈。海滩那么大。妈妈和我说过，如果跑丢了应该怎么办：停下不动，等着。我在沙滩上坐下。沙滩上有场排球赛，我在看。打排球很酷。有位夫人走近我，问我是不是一个人，如果我需要，可以请海滩上的救生员用扩音器广播。

“不，谢谢。他们听不见。我就在这里等。”

我的爸爸妈妈惊慌失措，到处找我。我则在海滩上等。

两个小时。

而对我的表姐夏娃来说，却是完全不同的故事。我的舅舅吉很是特别，因而我表姐一个又一个的假期被破坏掉。这是舅舅独特的口味，那就是出发去寻找聋哑人的祖先。

自四月开始，吉便开始搜集信息。餐桌上铺满了地图，每个星期天，他都投身于找寻朝圣的目的地，聋哑人历史的圣地。

一部穿越法国内陆的公路电影。孚日山脉底部，杜塞弗勒或是帕特卡莱的某一个洞，他充分发挥自己的想象力，找到的都是似是而非的地方：一八三二年，一个修女在这里收养了一个聋哑孩子；一七三八年，莱佩神父身边的一个聋哑人曾在那里生活过……他抵达时，房子老早就不在了，根本没有人知道这里还住过名人。吉就一座座房子地找过去，提各种各样的问题，神经兮兮。夏娃逆来顺受，为父亲充当翻译，和他一起面对那些十分茫然，根本不知道对方在说些什么的村民。

一年有三个星期，在雨中，从克莱蒙费朗一直到维苏尔，途径第戎和麦茨，夏娃就如此这般地度过了她的神圣假期。

夏娃的爸爸妈妈发现布列塔尼的那年，正流行《鸭子之舞》[①]。这是夏天之舞。

我至今仍然记得，舅舅在客厅的中央左右摇摆，晃动着胳膊，他是在演绎给我们看，布列塔尼的民族舞是什么样子。

---

①《鸭子之舞》是法国曾经十分流行的一首歌。

九月，开学季。幼儿园。小伙伴们，男男女女，喝下午茶、唱歌、朗诵。我喜欢这种生活。可以说话、唱歌、叫喊，倾诉的生活。我很高兴，能够认字写字，这样我就能够弄明白商店前面舞蹈着的那些词语究竟是什么意思。

虽然我的父母也识字，也会写字，但教我读书写字的却不是他们。对于一个聋哑人来说，念对一个字母，念对我们语言里的一个词，都是一桩需要付出极大努力的事情，甚至难以忍受。

不，他们教不了我读书写字。

我求助于外婆。她感到如此幸福，所以倾尽所能，耐心之至。一九六八年十二月，那是怎样的狂喜，极乐和迷醉啊：我写下了平生第一个词，“马”。父亲的姓氏，普兰，就是“小马”的意思。

我的生活开始变得有趣。我很快就可以读书了。很快就不再感到厌烦。

简介、小册子、报纸、信箱上的名字、城市墙上的广告，还有粉色的、绿色的、红色的、金色的图书卡……我什么都读。一切出现在我眼前的东西。

我吞噬着那些他们不曾对我说的话。

在我的要求下，父母让我报名参加了学校的唱诗班。我喜欢唱歌。今天是大日子。我们为马戏团的冬季场唱歌。我的爸爸妈妈都在，坐在第一排。他们以自己的方式听我唱歌，适时鼓掌。他们不知道我在干什么，但是他们跟随着我。永远。不管我怎么心血来潮。

后来我又放弃了唱歌，改跳古典舞，他们没有落下过一场我在普雷耶尔的演出。我相信，他们感到非常骄傲。

“可你和父母之间怎么交流呢？”

我真是受不了。受够了，不想再说。

夏娃比我要好说话，她解释说，她通过手势和父母交流。

除非她的小伙伴不相信，认为她在说谎。那样她就编。

她说她的父亲，吉，是一个画家，他交给她一个装满各色小旗的箱子，她就通过不同颜色的小旗子来让他明白。例如她生气的时候，她就会拿出红色的小旗。饿的时候，她拿出的小旗子上画着火腿薯条，等等等等。这故事在学校里流传，挑起了老师的好奇心。她让夏娃把彩色小旗的箱子带来，给全班同学做个报告，说说聋哑人是如何和他们的孩子进行交流的。

夏娃不知道该如何收场，于是说小旗子太多了，所以小箱子已经变成了个大箱子，根本没有办法带到学校来，但是她答应，下星期一的时候可以带一幅图来，解释清楚这个过程。晚上，她和父亲说了她的问题，吉觉得很好玩，于是花了一个周末的时间完成了讲述他们日常生活的漫画。

越是弥天大谎，便越容易对付。

为什么我的父母，他们不说话？

为什么他们听不见我说话？

为什么在家里，我大声叫喊“爸爸”，“妈妈”，他们不能立刻听见，跑来看看我究竟发生了什么？

呼唤他们有若干方法。

懒人法：我等着他们回头看我。不过不适用于太着急的事情。

主动法：我要说的事情容不得等待。我起身，碰碰他们的肩膀。

虽然不失懒散可最为常用的办法：我开关灯数次，他们便会转过身来，我说出要说的话。

再或者，我在房间里扔出一本书。但这个方法使用起来很是揪心，我太爱惜自己的书。

要么就扔个东西。

有时我也叫。

例如上厕所时发现没纸了……或是他们忘了我在家，出门工作的时候用钥匙锁上了门，他们听不见门后我的叫喊声。我叫起不了任何作用，我知道，但我还是叫。一个听得见的人的自然反应。

你的父母怎么了？

他们不是正常人吗？

他们的声音怎么这样？

他们是聋子，但他们是不是能够听见一点点声音？

你是说他们甚至听不了音乐吗？

他们天生如此？

那你怎么不是聋子呢？

这真是奇怪。你是怎么学会说话的呢？

你也通过手势说话吗？

如果你有孩子，他们也会是聋子吗？

学校里，大家提的这些问题让我恼火透了。总是同样的问题。无休无止。一直如此。

我决定从此之后不再谈论父母的残疾。并且更进一步，不再谈论他们。这样他们才能给我安宁。

今天是我的生日。我九岁了。妈妈为我准备了下午茶。我的小伙伴们迫不及待,全来了。我急得直跺脚。门铃响起。是小伙伴们。我打开门。她们才进门，我就面无表情地突然宣布:“事实上我的父母是聋哑人。”

小伙伴们顿时觉得不自在起来，他们左看看，又看看，就像是迷了路，最后，一动不动地待在原地，颇为尴尬，结结巴巴地和妈妈勉强打了个招呼。真是让我恼火透了!

其实，无论我说，还是不说，情况总是变得令人不适。

为了让我高兴，妈妈躲到一边，我们吃点心的时候，她尽量不发出一点声响，也没有和我说话。她在那里，就像一个静默的侍女，面对一群感到十分尴尬的小淘气。看到她这样努力让我的朋友们感到自在的样子，我难受极了。

我的妈妈就是这样。不该是她需要付出努力适应别人。再说她是在自己的家里。

让我那些愚蠢的小伙伴见鬼去吧!

父亲跺脚。喘着粗气，威胁地竖起手指，皱起眉头，示意让我回到自己的房间。

这说明我是真的挨骂了。

他不叫。一点声音都没有。只是用愤怒的眼神看着我。

这是我们之间的密码，自我生下来就是如此。我知道他生气了，他甚至让我感到有些害怕。

我服从。

很快。

和印第安人一样，聋哑人都有一个另外的名字，一个身份的符号，陪伴其一生。

这个名字可以与他的体貌特征相关，也可以和他的性格相关。

我的表弟阿莱克斯是个好动的小孩子，两岁开始，他就经常性的跑丢不见，于是，一直到三十五年之后，他仍然保留着“出走少年”的绰号：用一根竖起的大拇指头来表示，随时可以在想象的人群中消失。

我母亲的性格很活泼，她的外号是“永恒微笑”：拇指和食指先是放在下巴上，然后再渐渐往上，模仿微笑的样子。而这个动作用在我母亲的身上，需要很快地重复两遍，因为我的母亲笑得非常、非常灿烂。

爸爸的脸部线条硬朗，于是他叫“削脸颊”：拇指从太阳穴位置斜着向下，一直划到嘴边。

吉舅舅是个肥胖的男人，所以他叫“胖脸蛋”：右手握成“C”的形状，重复在脸颊上敲击两下。非常可爱的手势。

当然还有不那么美好的，例如“鹰钩鼻子”，“鸡蛋秃头”，“尖耳朵”（萨科齐式的），“粗眉毛”（蓬皮杜式的）或是“吸血鬼的长牙齿”（密特朗那样的）。至于奥朗德，很长时间里，他的绰号和“荷兰”这个国家的表达方式竟然是一样的。可自从他成了国家总统，他的绰号就换了。他脸颊上的两个赘生物成了他的标志记号。食指和中指形成“V”字，轻轻地敲击脸颊，就在他长疣的地方。

如果不是通过这样的绰号，聋哑人就必须用字母拼出每个名字。像我的名字，维罗妮克，Véronique，这种名字就太长了。

因此，我的绰号是“梦游人”，用来形容我，当然也可以用来形容别的什么人。

这个名字是妈妈给我起的。

孩提时代，我不太明白其中的原因，为什么要叫我“梦游人”呢？

有一天，我明白了：我总是趴在窗户上，梦想着出现在我生活之外的其他东西。

中指和食指，形成 Véronique 的“V”状，从太阳穴上离开，迷失在空中，转个圈，这就是“梦游者”。

很诗意，很美好，可以用来指示我的一生。

只是……我弄错了。我的母亲才读到这一章，她说不是。

“你的符号不是‘梦游人’，而是‘迷糊’。”

“不，妈妈，是‘梦游人’。从来就是。”

“不，是‘迷糊’。”

仍然是手指形成“V”状，从太阳穴上离开，迷失在空中，但不是转个圈。而是微颤。很微妙。虽然差别很小，但是说的完全不是一回事。

“你小的时候总是迷迷糊糊的。而不是喜欢做梦。你很容易忘事，总是忘事，总是。迷糊。”

我无语。三十年来，我一直弄错了。或者，也许是我忘记了。

我迷糊，而且以后也还将是迷糊的。

有的时候，符号也可以很简单。例如说我们家有些朋友，他们养了只德国牧羊犬，于是他们就很可笑地用了狗的名字。

夏娃经常去看他们，因为他们有个女儿和她一般大小，也和她一般听得见。这天，她和他们一起去了超市。夏娃走丢了。她就像大人一样，走到服务中心请求帮助：

“我走丢了。我叫夏娃，我希望能够用商场的喇叭呼叫一下我父母的朋友……”

“当然可以。他们叫什么名字？”

“小狗弗里斯科。”

“什么？”

“小狗弗里斯科。”

“请小狗弗里斯科夫妇到服务中心来，小夏娃在等你们。再重复一遍……”

四十年过去了，我想，夏娃可能仍然不知道他们真正的姓氏。

我的父亲是一个话不太多的人，可我的妈妈非常爱说话，她时不时地敲敲我的肩膀，吸引我的注意力，或是我的目光，让我注意她四处挥舞的手，这让我神经经常处于紧张状态。她真是让我感到恼火。时不时给你肩头来上一下，这是一种难以承受的身体的冒犯。我总是不自禁地跳起来，这让我感到身体受到了干扰。在我看来，开关灯是一种更为温和的方法。

父亲明白这一点，他总是缓缓地将手放置在我的肩头，但这更令我感到恼火。他一点也不坦诚。他不敢表达想和我说话的愿望，这一点让我寒心。我觉得这是不够爱我的表现。

怎么做都不行。这当然是不公平的，也毫无理由，只是他们无论做什么，都让我感到紧张。

他们要和我说话的时候，我必须看着他们。我不能绑鞋带，不能翻抽屉，不能掉转身看着窗外，我不能一边和他们说话一边读书或写东西……我唯一该做的事情就是时时刻刻看着他们。

太累人了。

看着他们，弄明白他们的意思。

小心翼翼地不放过他们的手势，他们的表情，他们身体难以捉摸的摆动。

毫无办法。如果我将脑袋转过去，半秒钟，对话就中断了。

尽管我理解这种符号性质的语言，可比起听广播来，这样的语言交流更要求我集中精力。

同样的，每次和他们说话的时候，我还必须空出两只手。

不可能一边梳头、做饭、倒垃圾，一边和他们交流。

在两者之间，我选择尽量少和他们说话。

我在看电视。一部黑白片。一个女人，手臂里抱着个婴儿，在林间奔跑，身后德国人在追。德国人的靴子声让人难以承受。我觉得很恐怖。他们离她非常近，非常危险。如果我不出手，他们会杀了她的。于是我和跑过屏幕的这个女人说话。电影不是法语的。这个女人听不懂我的语言。我叫道："快，快跑！"奇迹出现了，字幕将我的话忠实地翻译了过去。她回答我说，她已经精疲力竭，她做不到。我鼓励她。对话频率加快，字幕也变快了。她跑到一道栅栏门前。德国人就在几米开外。我大声叫："你就快解脱了，翻过去，把孩子扔过去，没关系的，地上有青苔，很软！"

她照我说的去做了，来到了栅栏门的另一边。自此之后她就安全了。他们再也伤害不了她了。抱起孩子后，她继续跑，跑进了一座小房子。画面停下。房子在旋转，让位于平静而澄澈的大海。我浑身是汗，可是为这个女人感到高兴，于是关上了电视。

真是奇怪，即便是在梦中，母亲们和我使用的永远不是同一种语言。需要字幕。

今天，外婆死了。

今天，也是我的生日。我十一岁。

从学校回到家里，转上回家前的最后一条小路，我看到所有人都在那里，街头，看到父亲站在窗边。他的动作幅度很大。

“外婆，死了，外婆，死了。”

我立刻泪流满面。

应该禁止聋哑人在窗边宣布坏消息。否则心碎的时间会更长。

我们搬家了。十二年以来，我们一直生活在一套两居室的小房子里，我和爸爸妈妈睡一间房。

爸爸倾尽毕生积蓄买下了一套公寓，我有了属于自己的房间。对于我来说，有自己的房间，这是一个理由。因为我实在难以接受这个消息，离开外公外婆让我难以承受。学校也得换，更无法想象。我不想住在新的地方。我是巴黎人，巴黎人，我想留在巴黎。要去巴黎市区的中学，得坐快线，换公共汽车，然后再步行，那也没有办法。

四间房。比原来的房子大四倍。浴室里有浴缸，盥洗盆，甚至还有一个坐浴盆。我不用再在厨房的洗碗槽里盥洗。厕所与浴室是分开的。不用再在楼梯平台上厕所了，当然也不再需要便盆。我的房间与父母房间彼此相邻。

新房子里度过的第一夜。躺在床上，我努力入睡。可我睡不着。隔壁的房间里发出奇怪的声响。他们的床发出断断续续的声音，妈妈呻吟着。我转向一侧。再转回来。显然，这一切很不正常。

我既焦急，又好奇。于是我想要看看，弄明白究竟怎么回事，我走进他们的房间。我的妈妈大为惊恐，夸张地比划着，敦促我离开。我匆匆离开，羞愧之极。

我看见了。

十二年的时间，夜里，就睡在距离父母 1.5 米的地方，我却什么也听不见。每天夜里，我都沉入睡眠。我关上耳朵，对来自外界的一切听觉干扰置之不理，而今天，我有了自己的房间，我不再和他们睡在一起，却……

听见了。

我听见了一切。突然。

这真让人难以忍受。

有一种难以置信的暴力。

我一直认为自己的父母属于静默的世界，但是比起听得见的人，他们弄出的声响更大。

他们不说话，他们听不见，可是，他们却震聋了我的耳朵。

十二年里，我们生活在一起，没有任何隐私可言，可我什么也没看见过，什么也没有听见过。这怎么可能？夜里，他们在我身边做爱吗？他们打呼吗？我不知道。傻头傻脑。

对于我来说，新的生活开始了。我必须学会在这喧闹声中生活。我讨厌他们尿尿的声音，做爱的声音，大便的声音。我更喜欢失去的天堂，没有汽车的声音，没有浴室。

于是，我必须学会承受这一切。

人们根本想象不到，聋哑人有多么吵闹。

从早晨开始。父亲起床，他的脚拖过油麻毡发出的踢踢踏踏的声音。他还真是有想法，买了这种铜质的拖鞋，在塑料地板上每走一步，便发出清脆的声响。他上厕所，门撞在墙上。他根本不知道，以他一米八的个子，尿落入水中的声音无异于瀑布落下，所以他快活地一泻千里，而且每每发出满足的叹息声。他总是忘了拉抽水马桶开关。

也好！总算安静了一会儿。

这下轮到妈妈起床了。厨房的方向，准备早餐。奇怪的，不和谐的声音：关上碗柜门的声音。我惊跳起来。接下来是放咖啡的柜子，再接下来是餐具的抽屉。再接下来呢？我向你保证，一定轮到烤箱的门了。爆裂声，门的响动，撞击声，吱嘎的声音……最终的结果就是我醒了。因为我是一个很可怕的少女，一张臭脸，脾气恶劣，我冲向厨房，厨房里立即弥漫着我的暴怒，然后我开始转向我那听不见的爸爸妈妈，大吼大叫，动作夸张，歇斯底里，他们则目瞪口呆地看着我。可是每天早晨的这一幕并没有起到多少作用，我白白暴怒一场，白白和他们再三解释，说我不是聋子，我听得见，我烦透了，每天早晨他们制造的这份喧闹让我受够了，而我想睡觉，每天早上，他们都同样惊愕地望着我，其中还掺杂着对一个听得见的人的同情，觉得我真可怜。

门继续发出吱嘎的声响。

午餐也是一样。我的父亲总是用力咀嚼肉块，坚持让大家一同分享他的愉悦。他有意识地细细咀嚼每一块烤肉。

舌头和上颚相抵发出的声音，当然还有张开的嘴，高频率地研磨食物的声音，满足的叹息声。然后再一块，再一次舌头与上颚相抵发出声音。无休无止，这绝对是一剂抑制食欲的良药。可他注意，尽量不发出声音时，事情更加糟糕。因为他的抑制，从他的喉咙口发出更加深沉的一种声音，简直是另一个世界发出的声音。我想吐。

不过，还是汤最令我无语，是喝汤的声音令我不得不在饭桌上塞上耳塞。塞在耳道深处的小小蜡球，可以使我的耳膜免遭爆裂之苦。汤，父亲为了让汤冷却吹气的声音，接着是吮吸汤勺的声音，吸入液体的声音，舌头在嘴里滚动的声音，吞咽的声音，最后是幸福的叹息声。所有这些潮乎乎的声音都令我发疯。自然，即使我尝试着和父亲解释，告诉他，从他嘴里发出的这些声音多么让人难以忍受，即使我一天求他两次，可都是白搭，他不明白。原因很荒唐。对他来说这一点意义也没有。他所表现出的惊讶深深地、永远地印在我的脑海里。他认为这不过是因为我的青春期，在这样的时期，对于他的任何行为，我都忍受不了。

“我发出噪音？根本不可能。”

“至少闭上嘴，爸爸……求你了！”

于是他闭上嘴。暂停三十秒，接着一切又重新开始。他根本做不到，对此毫无意识。如今，三十年后，我终于习惯了，但轮到我的孩子们无法承受。有时星期天我们和他一起吃午饭，孩子们经常感到受不了：“妈妈，外公的动静太大了！”

阿莱克斯也受不了噪音。尤其是星期六早上八点，他母亲吸尘的时候……但是他很快找到了对付的办法。他不动声色地起床，拔了吸尘器的插头，然后，花两分钟的时间看着他妈妈握着机器白白忙碌。嘴角带着微笑，他又重新回到床上。虽然家里面有点脏，可是阿莱克斯可以睡懒觉了。

“哑”，聋和哑。这是偏见。聋子是说话的。他们有自己的声音。他们控制不了声音，他们无法安排自己的声音，但是这声音存在。这很残酷。这声音是从喉咙口发出来的，乱叫乱喊，尖锐，或是喑哑，有时既尖锐又喑哑，音色各有不同。这种声音是破碎，断续，残破，在四方飞溅，开始的时候低沉如喘息，结束时接近于嚎叫，或者正好反过来。总之是一种非常可笑的声音，倘若你必须承受，会令你感到极为耻辱。

妈妈去超市。正在鲜肉柜台集中精力挑选晚饭用的大排，没有注意我溜到了鱼排柜台。这会儿她来找我了。她傲然站立在中央通道的显眼处，双手放置在胯部，然后竭尽气力，用她那破碎的声音呼号出我的名字，听起来是“维托尼特！！！”

人群错愕之下，迅速散开，大家都呆立在原地，定格。我的母亲仿佛摩西一般，仅用声音便劈开了人潮。一秒钟之内，我的母亲就驱散了中央通道上的人。我根本无法承受这一切。于是我回到母亲身边，深感屈辱。除了逃跑，没有别的办法，而且不是跑到世界尽头，只是想跑到商店的尽头。

聋子并不哑，有时，这真是一种遗憾。

圣诞节的猜字游戏是我们大家庭的传统游戏。

每年，阿莱克斯，夏娃，瓦莱丽和我，我们都会投入这残忍的游戏中：猜猜被我们父母谋杀的这些词究竟是什么。

阿莱克斯模仿他妈妈的声音，冲着我们，提出了第一个词：“斯克吕雄！”

这个太难猜了。

夏娃每次都能猜中：斯克吕雄就是三明治，肯定的。

“当丁？”

“当心！”

“苏库苏？”

“库斯库斯（一种小米饭）！”

“我，三？”

“当心我扇你！”

“搜普？”

“受不了！”

“酷酷拉？”

“可口可乐！”

“普幸？”

“不行！”

有时还会有相似的词：

“故事？”

又是夏娃猜中了：“故事就是‘坏蛋’，肯定的！”

二〇一三年度又新添佳作：

平菇四和考苏空陆。

苹果四和高速公路。

美妙极了！

吉舅舅是个很闹腾的人。每时每刻。他总是咕咕囔囔的。就像从支气管冒上来，然后被堵在了扁桃体里的喘息声。音量并不高,但一直都停不下来。每跨一步,每次起床,每次坐下来，只要有所动作……他就呻吟。

吉十七岁，他和玛索哑剧团的一个成员一起上课。他喜欢哑剧。哑剧艺术让他的观察能力和模仿能力得以升华。年末，吉舅舅要演出了。我的外公就像阿尔塔邦大帝一般深感自豪，迫不及待地来到演出地点，支持儿子，为儿子鼓掌。

幕布拉开。哑剧演员一身白衣登场，他向着聚光灯下前进。完全的静默。动作的美。他将手放置在一堵并不存在的墙上，似乎想要绕过，但是没能成功。我的舅舅登场了。他悄无声息地走近，采了一朵花，送给同伴。舅舅美极了，充满诗意。完美无缺。除了在一个小细节上。他听不见自己发出的声音。但观众听得见，真可惜。

外公将头埋在手中，在椅子上蜷缩起来。他想要离开，很远很远。他的儿子正在表演，聚精会神……可喉咙里发出咕咕囔囔的声音。那无语的呻吟充斥着整个剧院。观众或觉得尴尬，或爆发出疯狂的笑声。而吉感到非常幸福，他继续演他的哑剧，继续发出幸福的声音。

至于我的舅妈，她倒是大部分时间都闭着嘴，但是她总是弹动舌头，与上颚间形成“滴答”的声音。简直比火车北站的闹钟动静还大。

真应该和聋哑人解释清楚，他们是怎么吵吵的！

聋哑人的感情表达是有声音的。

舅妈嘴里的“滴答”声就是在她感动时发出的，但是她经常感动。

舅舅也总是感到满足时才咕囔，在街头看到一个漂亮女孩儿，他就会咕囔。

而我父亲的声音很怪。难以形容。阿莱克斯因此叫他“楚巴卡”。

当然，这类声音也有好处，那就是当我们的父母内心有所骚动的时候，我们都知道。

“爸爸，别再看那女孩儿的屁股了。”

“胡说。我什么也没看见。”

撒谎。

“关于性，应该去问你的妈妈。在这方面，她是聋哑人的领袖。”夏娃经常对我这么说。

我的表姐没有错。

的确是母亲给我买了四卷本的《性生活百科全书》。那时我七岁。她却觉得有必要立时三刻把这书送给我。她非常严肃地和我解释，我需要在这方面有些知识储备。她小的时候没有机会了解。所以她对此一无所知。在她那个时代，只有试过了才知道什么是性，她应该很早就试过了。她觉得，最好是书本给予我性的教育，而不是我班上的哪个男孩。

于是我问了她下面这个问题：是不是聋哑人的力比多往往要比听得见的人更加发达？或者只是在我们家，这个问题特别突出？

她没弄懂我的问题。

“你是想说，聋哑人好色，他们变态？”

不，妈妈。

应该怎么和她解释“力比多”这个词呢？

在同义词词典上是这样的：“力比多：性欲”。

好吧，这可不是一个简单的问题。

我为妈妈翻译道：“性分有欲望的和没有欲望的。欲望有强有弱。有人力比多多些，有人力比多少些。”

她的脸上绽放出光芒。她懂了。

“哦，这个问题，聋哑人性欲很强，是的！”

聋哑人能够非常自然地对待他们的身体。他们的身体就是他们的语言，身体表达他们的欲望。非常清晰。

至于他们和性，那是一种本能的，动物般的，自然的关系。

谈论性并不让他们觉得有什么尴尬的。

在这件事情上，完全与知识无关，他们使用的手势，他们的模仿以及体态，这一切都非常生动。在他们看来是本能的，发自内心的，但是在我们看来实在惊人。

哑语是我所知道的，最为原生态的语言。聋哑人用一种简单、直接的方式表达。也很粗暴。

有很多符号很美，富有诗意，令人感动——例如“爱”，“象征”，“舞蹈”——但是在性的领域，他们的词汇就完全不同了。符号没有任何的模糊。词语具有暗示的作用，手势则是一种强加。

这份露骨会令听得见的人感到震惊，因为聋哑人使用的，都是我们平时也使用的手势，只是我们想要粗俗时才会使用而已，平日里都尽量掩饰不用。这是文化的问题。

我妈妈很喜欢和我吐露性的秘密。她简直如同妇科医生一般精准，甚至到了外科医生的程度。但是身为女儿，听她如此描述真是难以形容。

她和我描述她做的那些色情梦。要么是她太想做爱了，性器都痉挛到了疼痛的地步……这就是我的妈妈。

没有任何模糊性的手势，淫荡的模仿，嘴里发出的汩汩的声音，我目瞪口呆，惊愕至极，处在尴尬之中。

于是我求她不要讲述细节："求求你了，妈妈，我毕竟是你女儿……"她却回答我："哦，不要紧。性就是生活！"

然后她笑了。

说到底，她是对的。性，就是生活。

她谈论性的时候，使用的词在听力正常人看来都可以归为淫秽之列。

“我好色。”

“我下流。”

其实她只是想说，她喜欢做爱。

我十五岁的时候，也是她领我去了妇科医生那里，强迫我吃避孕丸。“没人知道会发生什么。”她说。

在那个年龄，性根本不是我生活的中心，但是母亲不愿意知道这点。无论如何我不能冒一点点险，这就是事情的核心，在这点上没什么好说的。她知道就此问题而言，我不愿意和她多谈，所以她要事先做好预防措施。她没错。少女很少会和自己的母亲谈论性事，而且对于我来说，我不和她谈性的问题还有一个补充理由：哑语是那么生动，有些手势，我大概永远都不会在她面前使用。

于是我听从了她。

三年的避孕丸，却没有任何可避的事情。

“你想干吗？”

在普瓦提埃饭店的一次会议上，夏娃挺喜欢一个年轻的聋哑人，不幸偷偷瞥了一眼他的裤裆。听到他的问题，她僵立在那里。

“你想干吗？”

夏娃很是窘迫。还没来得及回答，小伙子笑盈盈地接着说道：

“没什么尴尬的。好吧，性。”

很简单，也很直接，他拉起她的手，把她带到了房间里。

炙热。毫无禁忌可言。从头啃噬到脚，静默的身体彼此相对，热烈而原初。没有词语、对话、符号。只有性，为了性。单纯、粗暴。兽性，然而如此美好。

这天夜里，夏娃成了一个聋哑人。

第二天，仍然处在混乱之中的夏娃在饭店的会议室里又见到了小伙子。他正在和同伴们描述他们共度的一夜，所有的细节，借助手势和模仿动作。对他来说非常自然，这是他向她致敬的一种方式。

夏娃和别人也重复过类似的经历。都非常美妙。

我从来没有和聋哑人做过爱。

为什么？我不知道。也许是害怕噪音，也许。

静默。在我出生之日，强加于我的静默；接着，出于不得以，我渐渐驯服于这份静默；再接下去，是因为需要，必须接受；最终，这份静默终于成为一种习惯，对于我内心的平衡不可或缺，成为我的一个老朋友。这份静默就是我的家。给我安慰，给我带来安宁。

如果外面的世界太过喧杂，或是有太多的话语，让人难以忍受，我便会乞灵于这份静默。于是它来了。对于我来说，对周围的一切关闭上耳朵非常容易。几秒钟之内，我就找回了我的无菌罩。我什么也听不见。世界可以坍塌，而我可以对此一无所知。如果有人胆敢在此时打扰我，我会变得非常具有进攻性。让我发疯的某个玩意儿，饭店里的音乐，或者更糟糕的是朋友家笑闹的晚餐，客人无休无止的谈话，晚餐时主人新的播放列表等等。这一切都能让我发疯。随着时间的推移，我学会了控制。我会请求，如果可能，请关上音乐。大家都认为我是一个很难缠的人。但是我也习惯了。最好的办法是离开。或者最糟糕最糟糕，我变成雨人，不听任何人的话，也不和任何人说话，我是世界上最不具同情心的女人，并且，我根本不在乎。

前不久，我去催眠师那里，想要戒烟治疗。我躺下来。他和我说话，说话，说话，想要将我带入睡眠状态，这是催眠的根本原理。我听任他这么做了，然而我听见自己对他说：“我不想和您说‘闭嘴’，因为我是个礼貌的人，但是你就不能不说话吗？五分钟……求求你……”

静默。

妈妈刚才去听了一场名为“年轻人的爱情”的讲座。她突然出现在我家，很是激动。她说有重要事情要和我说。

“维罗妮克，注意。非常，非常重要。不能和朝三暮四的男人做爱。一定要戴套！我才去听了一场讲座，艾滋病。性引起的重要疾病。很重要，你，要当心。”

我难以置信，这个事情，我们听得见的人至少两年前就明白了，而她竟然才知道。

我想哭。

我父亲疯了！他送了我一架钢琴。对他来说毫无意义的东西。利他主义的典型礼物……是父爱的证明。

我练习的时候，母亲总是坐在我的身边，将手放在钢琴上，想要感受琴键的震颤。大家都知道，孩子练习钢琴多么让人难以忍受。但是我母亲喜欢，她把手留在琴键上，一放就是好几分钟。她对我说："我，聋哑人，非常大的痛苦就是不知道音乐是什么东西。遗憾。"音乐是她唯一因为听不见而感到遗憾的东西。人们的声音，树叶间风的声音，雨水打在方砖上的声音，一切普通的声音，都不存在。她不了解。但是她不以为然。她无所谓。

在颜色与音乐之间，我选择颜色。我的父母也一样。

失明，那一定活不下去。

这是他们对我说的，我也很愿意相信他们。

灯光亮起，刺目地闪个不停。

我的父母在公寓的入口处装了一只灯泡，和所有或许会响的东西连接在一起。只是不管是门铃，内部电话还是外接电话响，都是同一只灯泡亮起。不停地，惯常地慌乱。我父亲一面微微打开大门，一面按下内部电话的按钮，接通楼下的，而我母亲总是冲向电话，摘下电话机，接通视频电话……微蓝的光线中奇怪的舞蹈。门口成了迪斯科舞厅。

而这一切令我捧腹大笑。我才不会做任何事情帮助他们。

十四到十八岁。也是我和他们之间的战争期。我讨厌他们。他们什么也不懂。我没什么要和他们说的。除了问他们要钱。没有一丁点心心相通。我是独女，可和他们在一起我感到很厌烦。我对他们没有兴趣。我们之间的对话本身就如此特别，此时完全停滞。

我多么希望自己能有正常的父母。我对自己说，在前生，我一定是一头该死的母猪，才受到如此惩罚。而我也恨自己，恨自己竟然对他们有怨恨之心。

父母不是健全人，如果我恨他们，当然是很荒诞的事情。我很清楚，这不是他们的错。但是就是这样，我恨他们。如果他们不是聋哑人，我们可以讨论很多东西，政治，伦理，叔本华或尼采，托尔斯泰或陀思妥耶夫斯基，莫扎特或巴赫……

我多么想要和他们讲述我那些小烦恼。我希望他们能够给我建议，给我方向。我多么想，就这样地很方便，给妈妈打个电话，跟她说：一切就绪，我找到工作了；或者是和比杜尔结束了恋情，然后我很希望，她给我做一顿土豆通心粉作为安慰。

我很羡慕我的同学，他们的父母都是健全人，他们有机会通过话语和他们的父母进行交流。

我希望拥有能说话的父母，和我说话，能听见，听见我说话。我觉得这会更好。当然，我是错的。没有一个家庭是“正常”的。我也可能生在一个教我仇恨他人的家庭。或是一个酒鬼家庭，一个到处都是秘密的家庭。一个父亲猥亵小女儿的家庭，一个只注重外表的家庭，鬼知道什么样的一个家庭！

只有离开了家庭，我才明白，我的父母所有的不正常是最有理由的。他们有正当理由不和我说话。甚至是最好的理由。

和聋哑人在一起生活非常沉重。更甚，我必须认为自己是幸福的，我的父母不是太烦人，他们从来不会求我做什么。他们自己对付一切。和别的父母不同。

例如我的舅舅吉，他就认为自己的智力在所有能够听见的人之上。他并非残疾。正相反。他正是因为聋，所以卓尔不群。不应该是他来适应我们的世界，而是反过来。在这点上他非常令人难以承受。“聋哑人更聪明，聋哑人更擅长观察，聋哑人更、更、更……”什么事情都更。在商店里，他从来不努力沟通。别人应该明白他要什么。如果他不和孩子一起去，孩子们为他做翻译，那买点东西就能花上好几个小时。不是他不可理喻，而是别人都是蠢蛋。

就这么简单。

我能够原谅他所有过激的行为，因为他是个诗人。他一直待在他的无菌罩里。他的画如此奇特，连达利看了也会震惊。

一个温柔的梦游者。有时有点危险。阿莱克斯三岁。他离水边一米远，离父亲也差不多同样的距离。吉仰望天空，陷入沉思。阿莱克斯在叫，挥舞双臂，吉看到一朵云，觉得很美，其他一切都不在他的眼中。他没有看到阿莱克斯已经沉入水中。

报复的时刻到了。吉每天都送阿莱克斯去学校。那时德瑞博士[①] 正流行。到了中学门口，吉熄火，关掉音乐。阿莱克斯很调皮，在下车之前，将音量开关拧到最大。吉离开学校出发……音乐又重新响起。走了一段之后，警察截下了他，因为他在公共场所制造噪音，要求他把音量降下来。吉不明白。他感到非常愤怒，他击打着自己的耳朵："我是聋子，我是聋子，音乐不会有！"警察没有坚持。他们

① Dr.Dre，美国流行说唱歌手，真名为安德烈·罗米尔·扬（Andre Romelle Young）。

在这种情况下从来不会坚持。

晚上，父亲和他谈及白天的遭遇，阿莱克斯笑坏了。

帕特里克，我父亲的一位朋友，乘坐快线回家，他家在马西—帕莱索。他带着五岁的女儿。

仔细地看过了指示图，确认这班车的确会到达他家所在的那站，他跳上了车。高音喇叭宣告说，因为轨道问题，这班车在马西车站不停。

帕特里克当然没有听见。

眼看地铁就要到他家那站却仍然没有慢下来的迹象，他果断地按下了警铃。车子停了下来。备战状态。乘客们群情激愤。帕特里克很平静，用手指指站台：“我听不见，我在这站下。”

他女儿感到羞愧极了。她没有听见喇叭吗？她不能翻译给父亲听吗?

车长来了。发生了什么?有什么问题?

帕特里克依然无比镇定,坚持道:“我听不见,我在这站下。”

车长放弃了。帕特里克沉着地在这站下了车。

我不喜欢和父母一起看电视。他们总是要求我将电视新闻翻给他们听。我翻。但有时我实在够了。我就会骗他们，说自己也不明白主播在说什么。

如果是电影，那简直难以忍受。每隔五分钟，我便享有权利，回答这样的问题：“他说什么？”“那她呢，她又说了什么？”

和他们在一起，我一点耐心也没有。没有任何同情。很快，我就被他们弄得头昏脑胀。借口说我还有别的事情要做，我闪回了自己的房间。你们见鬼去吧！

阿莱克斯有别的办法，我觉得很有趣。那就是随便说点什么，而他父母总是如教徒般虔诚：

“一颗核弹在英国爆炸。”

“新法律：从今天开始，聋子必须佩戴一个机器，这样他们就能和所有人一样听见了。”吉一下跳了起来，开动汽车，准备上街革命。

“拿破仑手写的古老资料被发现了，他说把科西嘉岛遗赠给聋哑人。”

吉立刻决定下一个假期将在科西嘉岛度过。

我再也不想把汽车借给我妈妈了。因为听不见超速的警示，她弄坏了我一辆又一辆车的离合器。

我们家里是我妈妈开车。但这并不妨碍我那从未考取过驾照的父亲热衷于指点她该怎么开。

倒车。在变成红灯之前开得不够快。他带着愤怒的表情拍了一下她的臂膀。她突然就熄了火。然后大家都陷入激奋中，他举起双手，捶打膝盖，大声喘气。“普可能，普可能。”我母亲也愤怒到了极点，她松开方向盘转向他，双手极速颤动，从上到下，就仿佛是在两人之间竖起一道墙，警告父亲必须停下来，并且还不忘了告诉他，如果他觉得不行，那就自己去考驾照。

在他们互相厮打的时候，唯一看路的人是我。我六岁。

“停下！你希望我们出事吗？”

这次是我在开车，妈妈坐在一边，和我说话。我们在高速公路上。她拍拍我的肩膀。她有话要和我说。我要做出选择，要么看路，要么看她。我选择看路。于是她的手伸到我的眼睛和挡风玻璃间直晃。我烦躁地将她的手一把推开，松开了方向盘，在我的想象中，我仿佛抓起了另一个方向盘，握紧双拳，从上到下地摇动着，我和她说，我正在驾驶。否则……

“对不起，我明白了。”

三十秒钟之后，她又重新来过。

与其说我让步，还不如说是被彻底打败了，我开始用一只手驾驶，另一只手和她说话。就这样，我习惯了用一只眼睛来驾驶，另一只用来“听”妈妈说话。

电话的事情也是一样。我的父母有一点很好，他们可以很长时间不和我们说话，免得打扰我们。但是，我妈妈却希望我时时刻刻在电话边，只是因为她需要我感受到她想和我说话的需求。突然，她就打电话来了。几乎是规律性的。

我摘下电话，于是她开始和我讲述夏天的假期。我看着她，聚精会神。

“嗯，妈妈，你看，我有电话，那。”

“是的，是的……”

三十秒钟后，她的电话再次响起。

“你明天做什么呢？”

“我正在讲电话。”

“是的，是的，但是你想……”

表现孤独的庄严时刻。

一切都在静默之中推进，电话另一端的人根本无法想象与此同时正爆发一场非常严重的争论。直至我再也受不了，开始用两种语言狂吼：

“够了，把系统关掉。我正在讲电话。你不明白吗？见鬼！”

不，我妈妈不明白。她悲伤无比地望着我，对我说：“你总是在讲电话。我就是看看你。你和朋友们讲电话。你，反正你对聋哑人没有兴趣……”

我的愤怒土崩瓦解。我感觉自己如此罪恶。

和我通电话的朋友问我是不是一切都好。

“是的，很好。是我妈妈。她是聋哑人。我和你说话的时候她也要和我说话。我不行。等等，我换个房间和你讲电话。”

我是个坏人。

不久以前，我问过妈妈，她为什么要这样。为什么她总觉得有权利要在我讲电话的时候和我讲话。

虽然我不接受，但是她却如此反驳道：

“你就不能同时进行吗？”

“你们好，笨蛋！”

回到家，我是这样和爸爸妈妈打招呼的。

我不是一个人。我的小伙伴们和我在一起。我和他们说，我的父母是聋哑人，他们根本不相信。为了证明我说的是真的。于是我说：

“你们好，笨蛋！”……然后妈妈走上前来，温柔地拥抱了我。

我的父亲对我很有戒心。我在想这是为什么。

我经常和我的小伙伴们一讲电话就是好几个小时。那时候还没有无绳电话，于是我坐在客厅里，距离我生命的创造者五十厘米。他用眼角余光观察我。总是如此。他认为我在说他，在嘲笑他。于是他试图从我的唇间读出点什么，他和我做手势，问我："你在说什么？在说我吗？"

这太具诱惑力了。为了证明他怀疑得对，我尽情地朝他身上泼脏水。我觉得很好玩。这让我感到激动。我觉得这样就反抗了父权。因为在家里，没有人能够限制我在言语上的过激，我充分享用这一点便利，再说，这总能逗笑我的同伴。她们非常喜欢和我打电话。我什么都能说，把父亲当作一个蠢蛋，他们也很希望自己能做同样的事情。

每次我带男朋友回家，妈妈总是非常擅长用各种办法毁了彼此介绍的时刻。她总是无法把持自己，背过身去就急于向我传达她的印象。她松开手，然后开始提各种问题。她告诉我她的所想。动静很大。

我同时要应付两边的对话。男朋友的，还有男朋友背后的母亲：

“他，英俊”，“他，一般般”，“他，挺可爱的”，“他，不正经”，“他，性方面，行吗”……

她并非出于恶意。只是希望我和她之间建立某种我们才有的隐秘关系。

直到有一天，我把她赶了出去。

现在，她再也不这样了。

可是因为他们听不见，我们也享有不少好处。

凌晨两点钟，我们跳上床。我的舅舅有第六感。如果隔壁房间有什么不正常的，他能够感觉到。于是他起身查看。他轻手轻脚地走近，倘若我们在干蠢事，他就可以抓个现行。但是吉，啊，吉就是吉……他那标志性的呻吟声。我们在百来米外就听见了，待到他走进房间，我们有足够的时间钻进被子装睡。

有天晚上，因为背景音乐太大，我们没有听到他的到来。他抓住了我们。夏娃和我正在房间中央跳舞。瓦莱丽，她的妹妹，正在给猫涂指甲油。正常的生活，不是吗？吉大怒。惩罚两天不准看电视，也不准吃糖。不过，糖不能缺，尤其是游戏时，我们有的是想象力，糖果在厨房，为了能拿到糖果，我们必须穿过客厅，而我舅舅那双“锐利的眼睛”可揉不得沙子。所以必须有所组织。我拨电话，瓦莱丽要充分利用闪烁的灯光，她溜进厨房，迅速偷出糖果扔给夏娃，夏娃再跑到房间藏起来。顺利完成。“锐利的眼睛”气得发疯。没有人，门口没有，视频电话也没有。我们一副天使的模样，很同情他。真是够了，这些教养不好的淘气鬼，总是喜欢乱按门铃！

对他们，我们把能干的坏事都干了。或者说几乎都干了。骗他们太容易了，但是我们不能滥用。还是有底线的。有些事情我们严守底线。我甚至可以说，那些过分的蠢事（酗酒、吸毒……总之，那些令青少年父母无比担忧的事情），我们都没有干。

我们的父母都认为，他们的世界和我们的世界处于两极，他们也不知道该怎么办，于是最终，他们就听凭我们做我们愿意做的事情。极大的自由。这就是我们所谓的“附加红利”。

因此，夏娃习惯于在夜晚，等父母入睡后邀请她的小伙伴到家里来。不过，小伙伴们都接到命令，不能按门铃，因为门口的灯泡会闪。轻轻敲门。快,快,冲进房间。笑啊，说啊，抱啊，听音乐，直到夜深时分。接着，再在父母醒来之前悄悄地溜出去。

这天晚上，夏娃和小伙伴们玩得太投入了，以至于忘了吉每晚都会起夜。没有安排好。两代人之间的直接冲撞。吉裸着，光溜溜的像条虫子，撞上了女儿的小伙伴。

吉恼火直至，小伙伴既感到尴尬，又觉得好笑得发疯，我的表姐则觉得很恐怖。这一幕自此之后再也没有重演：我的舅舅第二天就买了一条漂亮的卷毛狗，叫它咪咪。

咪咪每天晚上都在我的舅妈莉迪娅肚子上睡。如果夏娃，或是她的弟弟妹妹起床，如果房子里有太大的响声，咪咪就会叫，并且爬起来。这样我舅妈就会醒。

蠢事到头……其实不过是暂时的。

夏娃自有办法。瞧，她正准备躲在阳台上抽烟，可吉也起来了。这是月初第一个星期六，电影频道有好片子。落地窗开着，天气有点凉。吉关上了窗子。夏娃被关在外面。她怎么在玻璃窗后做手势，大叫都是徒然，吉没有看见她。他安静地坐在沙发上，准备欣赏电影。于是，夏娃也投入了电影。一个半小时，电影结束。现在吉准备去睡觉了，他看到了什么？她的女儿正在阳台上又跳又舞。地上满是烟头。吉非常光火。可是她之所以抽了那么多烟，完全是因为他看了一个半小时的电影，于是他没再就烟屁股的事情说什么。公平交换。

有时也可能会发生可笑的误会。

阿莱克斯六岁，做了个噩梦。他还完全处在睡梦中，觉得屋子里只有他孤零零的一个，于是他冲上阳台，大声求助。他害怕，家里一个人也没有。惊醒的邻居报了警，十二个救火队员，全副武装地冲进家里，打开了所有的门，冲进孩子父母的房间，而舅舅和舅妈两个人一丝不挂地躺在床上，张着嘴巴，鼾声正隆。

我们的父母真的听不见吗？很奇怪，这是我们经常问自己的一个问题。

想要得到答案，唯一的办法是测试。我的舅妈莉迪娅就是我们实验的小白鼠。

瓦莱丽才收到一个圣诞礼物：耳机。莉迪娅睡着了，眼镜架在鼻子上。我们蹑手蹑脚地接近，将耳机挂在她的耳朵上，轻手轻脚地，以免惊醒她。而像我们这样的人当然要把事情做到极致，我们还在她的眼镜上喷满了剃须泡沫。阿莱克斯将耳机接上扩音器。重金属音乐。我们等着。一点反应也没有。难以置信！

实验结果是结论性的。现在该叫醒舅妈了。

轻轻地在她肩上敲一敲，莉迪娅跳了起来。她什么也看不见，眼前一片白。

完胜！

有几秒钟的时间，她觉得她不单单是个聋子，还成了个瞎子。

多亏了科技进步。

在八十年代有了视频电话，这是聋哑人真正的福音。还有今天，聋哑人可以用手机发信息，电视也有了字幕，还有英特网、Skype 网络电话以及社交网络等等。

对于聋哑人来说，交往的时刻到来了，他们可以更好地与那些听得见的人交流。

他们要交流。

也许不像听得见的人那么依赖这些交往工具。他们更加自主。

很实用，但是并没有改变我和父母交往的实质。

尽管我已经非常习惯母亲的语言，我经常看不懂她的短信。

“是的咖啡馆不能来因为最后一分钟意外来访。”这句话很清楚。

“我不知道弗朗索瓦兹已经在 Skype 上叫了我好几次。就因为这个。”因为什么？算了，懒得弄懂。

可同时，如果别人不明白她究竟写了些什么，我会特别不舒服。

我的手机刚刚震动过。

“你来聋哑人咖啡馆，我很吃惊，新的聋哑人，然后你快来，吻。”

我的朋友安娜和我在一起。我给她看了信息，我也不知道为什么。

“哦啦啦，我看不懂……”

“那去买个脑袋来，你就会看懂的。”

安娜很是震惊。每次都是如此，我也看不懂妈妈的短信时，就会听任自己冒犯别人。

有时我将一位朋友介绍给我父母，如果转过身，他惊慌失措地对我说:“维罗，你爸爸在说什么?”我就会大为光火。

“他只是说‘你好’。”

“不，可……因为我没听懂。”

“他对你说‘你好’，用他的嘴巴说的，听懂这句话并不需要你是政治学院的高材生!”

反过来，如果有人能够付出一点点努力，听懂我母亲的“你好”，而不是惊慌失措地看着我，他就能得到我最为礼貌的对待，而且上了我最为忠诚的Top5朋友名单，从此缔结永恒的友谊。

“你来，我病。如果不能，请打电话给我女儿，夏娃。06 23……”

医生第一次收到这个电传的时候，他有些不知所措。他想把电传扔进废纸篓，但是，出于医生的职业精神，他还是按照上面的电话号码拨了个电话。

“您好，夫人，我刚收到一份电传，让我去一趟。但是方式有些粗暴。您能和我解释一下吗？”

夏娃耐心地解释说，她的母亲是个聋哑人，她用电传进行交流。她应该是病了，希望他能出诊。这是她特别的方式。

可这并不是那么难以理解呀，不是吗？

“雨过天晴。”

如果用哑语来表达，是这样的：

“天晴。此前的雨停了，现在天晴。”

我母亲的理解是：下雨，然后天晴。

“是的，但这是什么意思呢？”

“我也不知道。没什么意思。下雨，然后天晴。天气变化了。”

毫无办法！

“嘴巴可以说谎，但表情会说真话。”（尼采语）

如果用哑语来表达：

“说话可以说谎，但表情不，不一样。”

如果我妈妈读到这句话，她的理解和我们的一样，只不过她需要读三遍。

“面包店关门了。我们今天吃饼干。”

妈妈看不到两种情况之间的联系。于是我需要解释：面包店关门了，所以我们没有面包。因为没有面包，所以我不吃面包吃饼干。

回答是：“是的，可你没说。现在我明白了。”

在我父母的语言里，没有冠词，没有变位，只有很少的副词，没有谚语，箴言，格言。没有文字游戏。没有隐义。没有不言自明。他们已然是听不见的，你又怎么能要求他们不言而明？

偏见。大多数聋哑人都不具备读唇语的特殊能力。但是，因为他们不得不反复练习，他们在这方面比我们要强。

不过，经常要出差错。

我们在突尼斯度假。我和父母去饭店。一个男人在桌边转悠，问大家要不要骑骆驼转上几圈。

他来到我们的桌边，对父亲说：

“要不要骑骆驼，骑骆驼？”

我父亲非常惊讶地看着我：

“我们不吃猪肉呀。为什么问要不要火腿？”

不，爸爸，不是“火腿”，是“骆驼。”

“火腿”,“帽子”,“骆驼”,从唇形上来看,都是一样的。

“肉片”和“翻译”,也是一样的。

“蜡烛”和“木锥”,一样。

真是乱七八糟。

一九七七年，两个美国人发起了一场运动。在法国，八十年代即将到来，可聋哑人怎么还如此受到限制，没什么地方可去呢？必须建立一个哑语学校。要为聋哑人建一个剧团。必须要让哑语得到承认。我的父母全身心地投入了这项计划。他们放弃了各自的工作——一个是工人，一个是办公室机械操作员——成为哑语“教师”。左派上台后，在万桑城堡的一座塔楼里，以非常便宜的价格给了他们一些办公室。

我的舅舅也是这场运动中的一员。他刚从美国回来，在美国,他参观了一所聋哑人的大学,加洛代学院。在那里，聋哑人和其他人一样可以选择。他们可以学习文学，语言，心理学，营销，新闻，视觉艺术……可在法国，什么也不行。怎么还能继续无所事事！必须有所改变。他来负责这个。

我至今仍然不能忘记。聋哑人出场了。

他们组织游行，他们在电视上强行放了一个小圆框，里面是翻译，这样就能够看明白新闻究竟说了些什么。到处都是字幕。在地铁里，我们不再像以前那样看待他们，甚至面包店女店员都付出了努力。她终于能够明白，他们要的是面包，而不是牛排。

至于我，每次他们有所行动，我不过远远看着，嘴角带着微微的蔑视，但是父亲总喜欢和我夸耀他们的行动，我也能够感觉到，有什么事情正在发生。尽管我如此漫不经心，如此带有攻击性，尽管我对他们有时不无粗暴，我为我的父母感到幸福，非常幸福。

我毫不怀疑，一场小小的革命正在进行中。我也不怀疑，他们改变了他们的生活，也改变了我的生活。

我父亲非常认真地履行自己的职责。

必须要让聋哑人也能够接触到文化，也能够学习，但是尤为重要的是要让政府承认这种语言的存在，他们的语言，哑语，那是另一种文化，聋哑人的文化。

为此，有很多工作要做。有相当数量的聋哑人是文盲。

一个非常广阔的领地，因为同时还关系到他们语言的发展，并非我们词典里的每一个词都能够在哑语中找到对应的。需要造词。需要有新的哑语词汇。第一个创造出来的哑语词汇是“沟通”。第二个是“文化”。会出版一本新的词典。其中有基础词汇，还有新的词汇。“IVT”（国际视觉剧团），这是协会，同时也是聋哑人科学院。会议没完没了，因为，如果说哑语中不存在这样或那样的手势，原因很简单，就是聋哑人不理解相应的词。例如“心理学”，这是什么意思？在语言学家和翻译的帮助下，我父亲学习了许多新词。等他搞明白词语的意思之后，他就会提出一个手势，再经过许许多多的会议之后，这个手势有可能成为法语哑语词典里的一个新词，当然，也有可能最终未被收录。

哑语教学的课堂并不总是有那么多人参与。那些聋哑孩子的父母绝望地想要和孩子们有所交流，到这里来寻找一点安慰。他们如同过于僵硬、过于压抑的喜剧演员，似乎来这里可以学会更加自如地对待自己的身体。我的父亲就在那里教他们。他负责初学者，全日制的。所有人都非常喜欢他。所有人都对我说，我的父亲是多么令人赞赏，多么独一无二、仁爱、富有同情心、开放、好奇、友善。他是他们从未曾见过的，最好的老师。我有所怀疑。我很想相信他们所说的，但是我还是怀疑！在这点上，也许我忽略了他的优点？忽略了我的父母？因为我无法接受他们的残疾，所以我成了一个叛逆的孩子，对其余的一切麻木不仁？

这件事引起了那么大的反响，以至于简直可以说聋哑人盛行一时。不管怎么说，我们终于看见了他们的存在。是时候了！

我的父母让我感到恼火、愤怒、紧张，但是我一直跟着他们。每天晚上，我都跟着他们，混入万桑城堡，该去的地方，渐渐的，他们的世界、他们的战斗，也成了我的世界、我的战斗。我的父母是这场革命的主导者，对此我感到非常骄傲。

我渐渐融入了他们。我欣赏他们。愿意承担起他们的责任。我甚至和他们一起演戏。

国际视觉剧团推出的新剧目，聋哑人和非聋哑人都可以看。因此需要一个翻译。那就是我。我才二十岁。

按理说不应该会有什么问题，因为他们要我出演的，是一个我非常熟悉的角色，天天都担任的角色：哑语的翻译。

可是……我做不到。我无法发出声音。我再劝慰自己也没用,没有任何办法。词语在我嘴里出不去。我几乎失声。怯场。

就在首演前的两个星期，另一个半聋哑的女孩顶替了我，她的声音残缺，破碎，简直不忍卒听，但是她却比我的声音更加适合。

于是他们给了我一个不用讲话的角色。一个哑巴的角色。

所有人都一致认为我演得很好。

这是我人生中最大的耻辱。

我的父亲才拍完电影回来，他在尼古拉·菲利贝尔导演的一部纪录片《聋哑人的王国》中饰演一个角色。他是主角之一。电影即将上映。巨大的成功。认识我的人纷纷给我打来电话。电影拍得很好，真的，的确很好。但是所有人听到我父亲在电影里提到我时说的话后，都大为惊愕，因为父亲说他情愿有一个聋哑的孩子。然而我很理解父亲。我理解他，因为如果是我，我会说一样的话。如果我是一个聋哑人，他和我的交流就会简单很多，他就可以帮助我完成学业，帮助我解答职业上的难题。他就能够传承，能够帮我规划，能够支持我。他就能够说："我是过来人，我知道。"他就能够和我分享。但和我之间是不可能的。他不能帮我做作业，他不能够帮助我解决和他人的关系问题，他不能给我以指引。在六年级的时候，就学校里学习的知识而言，我知道的已经是他的十倍。我不再需要他。

在我的少女时代，十五岁，我想要在暑假的时候搭车旅行，他让我去，因为他觉得，“这很正常。她听得见。听得见的人是不一样的。他们的世界。我们聋哑人是另一个世界。”

虽然他担心，但他听我的。

他很无助。这是我在他的眼睛里读到的。悲伤。无力。

所以，是的，我理解他说宁愿有一个聋哑的孩子，像他一样。

虽然看上去很严肃，有些冷漠，我的父亲实际上是个非常容易动感情的人。电影看到最后，狗死了，他一直会哭。但是他不太善于表达他的感情。因而我一直都觉得他并不爱我。因为我们很少说话，他相信，我也并不爱他。很常见的误会。

但是他爱我，我的父亲。我也爱他。每次他见到我的时候，都会和我谈起他的母亲——他的一生挚爱，告诉我，我多么像她。在经过洛林的时候，他对我说："我爱你。"

多亏了他的母亲，我知道，他爱我。

哑语是我所知道的，最富表现力的语言。

聋哑人说话的时候，他的全身都会动。他整个的脸部都在表达。脸部的肌肉不动，那根本无法进行哑语的交流。不管是好看还是不好看。面部肌肉拉上去，走你自己该走的路。激情，或是感情的强烈程度就只能通过脸部的表情来表达。如果你想传递悲伤，嘴角往下拉，眼睛变窄。反过来，就是表达快乐的感情，脸上要绽放出光彩，嘴上挂着微笑，眼睛也闪闪发光。我发现，对于听得见的人来说，这非常困难。做鬼脸，改变脸部的线条，舞动身体。如果你想说，你觉得某个人非常、非常、非常丑，“丑”当然是同样的哑语手势，但“非常”并不是通过做十遍这样的手势来表达的。是通过鬼脸，亦即脸部所表现出来的怪异能够表达一个人丑的不同程度。因此，倘若你要表达丑陋，在那一个时刻，你也会成为这份丑陋，非常可怖。大多数人当然并不喜欢扭曲自己的脸部线条。

表达美也是一样。脸上应该有很美的表情。当然，如果你长得像卡西莫多，你也不会因为表达美就能变成马龙·白兰度的，但是所有的脸庞都能绽放出光彩。

哑语里没有动词变位。哑语里没有时态。有“前”，“后”，“在……时”，但是没有复合过去时，将来时，现在时。

“我胖了。我最好做点运动。”在哑语里的表达是：“我，胖，必须运动。”

“我将出发度假。”在哑语里的表达是：“下次我出发度假。”

时间的概念是通过身体表达的。如果是将来，身体会难以察觉地向前摇动。如果是过去，就往后。这就是聋哑人所谓的“时间的线条”，这种说法很美。

这也是我父亲的专业。非言语交际的基础知识。在学会哑语符号之前，晃动你的身体。习惯身体的表达，驯服身体。不要害怕自己看起来很可笑。做鬼脸。如果需要就斜眼看。表达你自己，但不要用你的声音，而是用快乐的情绪。

哑语不是世界语。

哑语并非国际通用，但是……

各个国家之间，各种哑语之间，很多基础的手势是共同的。

如果哑语的手势符号相差很大，就能用模仿性的动作取而代之。

脸部的表情和身体的表达是全世界通用的。

“时间的线条”也一样。国际性的。

一个聋哑人所讲述的故事中的人物都有明确的空间界定，和戏剧舞台上的表演一样。完全是可视的，世界性的。

例如日语哑语中的“放开我父亲”或“放开我舅舅”，尽管从语言词汇的角度来说我完全不懂，但不消十分钟，我就能弄明白这意思。

我倘若在国外，无需太多努力就能够表达有只狗在走廊里撒尿，而当地人会非常清楚我说的是狗，而不是牛。

我最近看了一部关于印第安的短片，片子非常造作，里面有一个印第安的聋哑女孩儿。她用的是哑语。尽管与法语的哑语有差别，我几乎都能够看懂。

同样，因为我在意大利生活过，我有机会将那不勒斯的伙伴介绍给我父母。非常美妙的经历。我的朋友当然也并非出于什么变态的心理，自然而然地用大量夸张的手势和我父母交谈。我父母都明白了！我们大笑！

从技术层面来说，法语的哑语和美国英语的哑语中几乎有一半的手势是一样的。而其他国家的哑语符号绝大多数来自这两种语言的哑语。

这是一种非常鲜活的语言，每天都在更新。通过外国的各种机构以及聋哑人奥运会，哑语在所有国家都得到了传播。各种哑语之间的相似度越来越高。

因此，一个澳大利亚人自然能够和一个非洲人进行交流，而这个非洲人可以和一个丹麦人交流，这个丹麦人又很可能早先就已经和澳大利亚人交流过了。他们仍然是少数族群，但是他们彼此之间可以很快沟通。和我们不一样。

吉舅舅退休后，投入了独角戏表演！吉就是听力障碍者的贝多[1]！他一个人站在舞台上，用他独特的方式讲故事，融合了哑语和各种模仿表演。他引起了很大轰动，在世界舞台上。他的粉丝俱乐部是国际性的。聋哑人看了他的表演都笑个不停。但非聋哑人也一样，也能被他的表演逗乐。

①吉·贝多（Guy Bedos，1934-），法国导演，幽默表演家，诗人。

我二十一岁。搬出父母家已经两年了。自那次和他们合作戏剧表演之后我就很少再见到他们，但是他们却一直陪伴着我。比我所想象到的陪伴要多得多。职业生涯之初，之所以能找到那些工作，都多亏了我会哑语。我吞下了这么多痛苦，现在是带来回报的时刻了。

我的舅舅，夏娃和我，我们被科学工业园聘用。

吉成了聋哑人科学节目的主持人，夏娃和我则是哑语的接待员。

随着时间的流逝，问题发生了变化。现在我最经常碰到的问题是:“你会哑语吗？”接下来的问题是:“哑语中‘你好’怎么说？”

我和夏娃玩得很高兴：

“弯曲右臂，就像围披肩那样，手掌朝上。然后左臂重复同样的动作，手掌朝下。然后两只手臂彼此交叠。用右手中指摩擦左肘，然后再用左手中指摩擦右肘弯。哑语里‘你好’就是这么说的。”

我们俩笑疯了，直到傍晚，舅舅来到接待办公室。他既感到不安又觉得好笑，要求我们不要再乱说。几天以来，所有的接待员都用“同性恋”的哑语符号向他问好。

“太不严肃了。这里毕竟还是科学园。”

我很少见到父母，但是我根本不可能斩断和他们的联系。实际上，我找到了一种维持联系的方法。我要将法国歌曲翻译成哑语。这是一个我很喜欢的练习。我没什么好说的，没有人说我演得不好。相反，多亏了这些手势，多亏我的脸和我的身体，我能够表达很多情感。我做了一张纸板。我的父母非常感动，他们可怕的女儿终于承认了他们，他们感到非常骄傲。听得见的人也很喜欢。的确，很美，也很感人。后来，在庆贺节日、生日或婚礼上，我都进行表演。每次都非常成功。于是有一天，一个导演，我父亲的一个学生，玛尔格西亚·德波斯卡来找我，她决定拍个短片。片名叫做《玛尔多娜》。被翻成哑语符号的歌：弗朗索瓦兹·哈迪的《个人信息》,一首歌只有一个词:“等等”。对我来说非常好，因为我如此害怕使用我的声音。我轻轻哼唱。哼唱很适合我。

一九九三年。《超越寂静》。艾曼纽尔·拉伯里。划时代的电影。

祝圣仪式。

法国聋哑人的世界发生了很大变化。而且还在变化中。

我那么喜欢这种变化。

变化并非一蹴而就，还有很多工作要做，但不管怎么说，比以前好很多。

多亏了艾曼纽尔·拉伯里。

多亏了我的舅舅吉。

多亏了聋哑人团体。

也许，同样，也有一小部分是多亏了我的父母。

我打开电视。法国一台。“和拉加夫一起赢大奖”节目，我只是随便浏览一下频道而已，可是，我在人群中发现了……我的母亲，旁边是我舅妈！她们在那里干什么？真是耻辱！节目才开始……拉加夫夸张地宣称，这次节目邀请到了一位与众不同的嘉宾——因为他是个聋哑人——吉先生，陪同吉先生登场的是他的女儿夏娃，她将在演播现场做翻译。

我惊得呆若木鸡。鼓声。吉舅舅挥舞着手臂登场，“小木偶就这样做的，就这样，就这样”（聋哑人就这样鼓掌）。观众的特写镜头。我的母亲也在“就这样做的，就这样做的，就这样做的……”她骄傲地微笑。吉舅舅的特写镜头。夏娃非常自如地翻译。拉加夫每隔三十秒钟便放声大笑。我却在电视前陷入了沮丧。节目的原则是：经受考验，赢得大奖。吉接受了所谓“阿拉伯电话”的游戏。游戏规则是：舅舅表演一个词，他之后有一队年轻女人，一个传一个，将表演复制给下一个人，除了相邻那个人的表演外，前面的表演都看不见，而夏娃最后要猜出她父亲表演的那个词。当然，等夏娃看到前一个人的表演时，早就走了形，根本毫无意义。然而，夏娃每次都猜到了。

她面对观众，因而面对着我的母亲。母亲用哑语将答案告诉了她。

当然，这可以说明哑语是很实用的。在静默中，只需远远地看，尤为重要的是，哑语使得我们家赢得了一台非常漂亮的酸奶机。

舅舅去医院做扫描。我怀孕七个月的表姐瓦莱丽陪他去医院检查。医院要给舅舅注射一种碘油，禁止瓦莱丽靠近，因为有可能导致流产。这没什么了不起的。她坐在咖啡角的一端，吉则在咖啡角的另一端，他们俩就这么交谈着。非常安静。

我的嘴很硬。所有人都这么说。

可是天知道，我多么沉默。

在家里，真正的哑巴是我。

涉及到情感，爱，我几乎只字不吐。在这个世界上，我唯一能对之说“我爱你”的，只有我的孩子们。

“必须得说，我们没听见。”夏娃总是说。

谈论性的问题从来不对我构成任何问题，因为这个主题并不让我觉得有什么不好意思的。这得感谢妈妈！

可谈论感情，或者任何个人感受，我觉得要复杂得多。

我可以如同一只牡蛎一般，紧紧关闭起我的壳。

躲进一个只属于我的世界。

一个沉默的世界。

对于别人来说，这一点很难承受。

对于我来说，这也是一场噩梦。

自从有了手机，我的父亲开始给我写，他爱我。我也通过文本回应他，我也爱他。但是我和他在一起的时候，根本无法直视他的眼睛，告诉他，我爱他。我的嘴巴牢牢地闭起，双手放在口袋中。

我怀孕了。

我害怕。

九个月的时间里，我一直处在不安中。

如果我的女儿听不见呢？

我该怎么办，我？

我对尼古拉，女儿的父亲，说些什么？

我不希望他遭受这些。

我去看了医生，医生安慰我说：

“你的父亲是后天失聪的，不是吗？”

“是的，医生，但是……我的母亲和她的弟弟，他们是先天的。”

“他们的先辈中没有聋哑人吧？”

“没有。”

大日子。

我分娩。

她终于出来了。无所谓她是不是听得见。她是我女儿。我爱她。这是我的孩子。她是什么样子就是什么样子。

但我还是拍了拍巴掌。就是为了证明。她跳了起来。

她听得见。

三年后，我的儿子出生。我没那么紧张了。如果他的姐姐能听见，他没有任何理由听不见。

不过，还是有一点小小的畏惧。

他们把他放在我的肚子上。我多么爱他，我的小儿子。

我和他说话，他有反应。我拍击手掌，他跳了起来。

他也听得见。

诅咒终结。

如果一切重来呢?

对于他们，我曾经欣赏过。

讨厌过。

抛弃过。

激赏过。

为他们感到羞耻过。

想过要保护他们。

厌烦过。

为此感到罪恶过。

一直做着这样的梦，梦里的父母会说话。

但今天不再。

今天，我感到骄傲。

我愿意对他们负责。

特别是，我爱他们。

我希望他们知道这一点。

非常感谢吉·贝多，莱丝丽·贝多，布夏沃一家：夏娃，阿莱克斯，瓦莱丽，若赛特。感谢维罗妮克·德布尔，曼纽埃尔·卡尔卡松，阿尼克·肖拉，孔特雷夫妇蕾阿和维克多，穆里埃尔·库多，玛丽·欧也妮，米歇尔·拉特拉威尔斯，诺埃米·雷诺阿，雅科琳娜·玛索拉，让－克洛德·普兰，索菲·拉托纳和让－马克·罗伯特。

著作权合同登记图字：01-2016-2692

LES MOTS QU'ON NE ME DIT PAS by Véronique POULAIN
© Editions Stock, 2014
Published in agreement with Editions Stock, through The Grayhawk Agency

图书在版编目(CIP)数据

静默/（法）维罗妮克·普兰著；袁筱一译.—北京：新星出版社，2016.10
ISBN 978-7-5133-2242-3

Ⅰ.①静… Ⅱ.①维…②袁… Ⅲ.①散文集－法国－现代 Ⅳ.①I565.65

中国版本图书馆CIP数据核字(2016)第178502号

静默
（法）维罗妮克·普兰 著
袁筱一 译

责任编辑 汪 欣
特邀编辑 毛文婧 许文婷
装帧设计 观止堂_未氓
封面插画 刘淼洁
内文制作 王春雪
责任印制 史广宜

出　　版 新星出版社 www.newstarpress.com
出 版 人 谢 刚
社　　址 北京市西城区车公庄大街丙3号楼 邮编 100044
电话 (010)88310888 传真 (010)65270449
发　　行 新经典发行有限公司
电话 (010)68423599 邮箱 editor@readinglife.com
印　　刷 北京天宇万达印刷有限公司
开　　本 930毫米×710毫米 1/32
印　　张 5
字　　数 44千字
版　　次 2016年10月第1版
印　　次 2016年10月第1次印刷
书　　号 ISBN 978-7-5133-2242-3
定　　价 32.00元